漢字部首繪本 ❷
生日會

作　　者：小荷
繪　　圖：Keman
責任編輯：黃花窗　劉紀均
美術設計：鄭雅玲
出　　版：新雅文化事業有限公司
香港英皇道 499 號北角工業大廈 18 樓
電話：(852) 2138 7998
傳真：(852) 2597 4003
網址：http://www.sunya.com.hk
電郵：marketing@sunya.com.hk
發　　行：香港聯合書刊物流有限公司
香港荃灣德士古道 220-248 號荃灣工業中心 16 樓
電話：(852) 2150 2100
傳真：(852) 2407 3062
電郵：info@suplogistics.com.hk
印　　刷：中華商務彩色印刷有限公司
香港新界大埔汀麗路 36 號
版　　次：二〇二一年七月初版

ISBN: 978-962-08-7767-4

18/F, North Point Industrial Building, 499 King's Road, Hong Kong
Published in Hong Kong, China
Printed in China

漢字部首繪本㈡

生日會

小荷 著　Keman 繪

新雅文化事業有限公司
www.sunya.com.hk

今天

是妹妹的生日。

1
2 5
A

啦！

啦！

啦！

大家給妹妹唱生日歌。

呼！
呼！
呼！

媽媽替妹妹吹蠟燭。

咿！

咿！
咿！

妹妹張開小嘴巴。

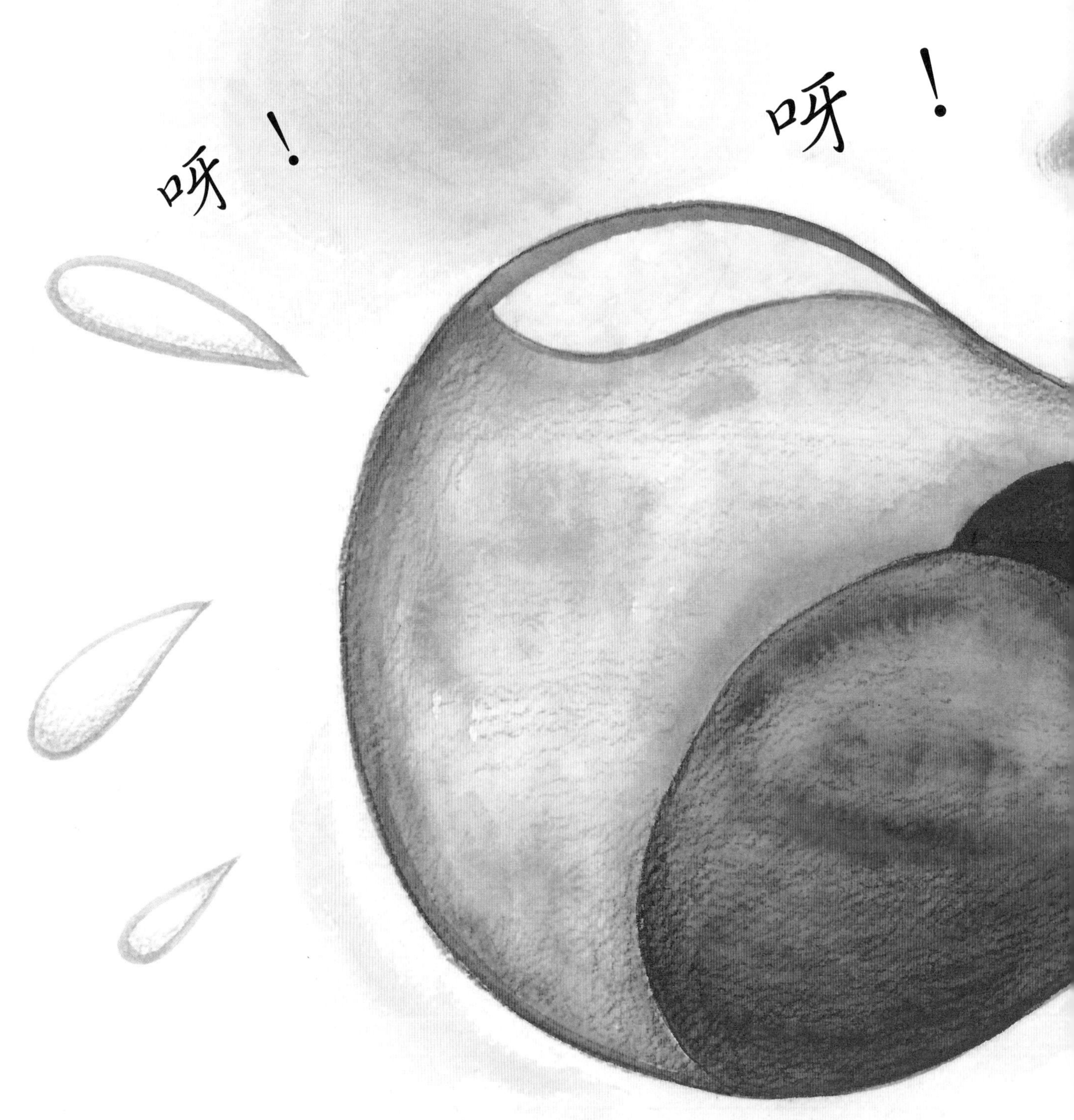
呀！
呀！

呀！

妹妹的口水一直流。

哇！

哇！

哇！

哇！

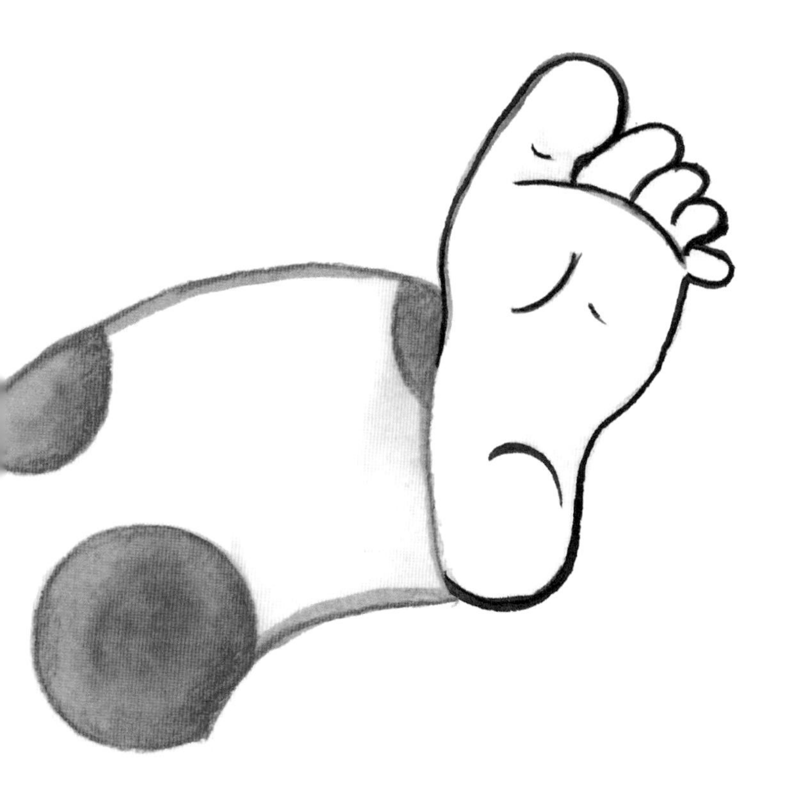

妹妹哭了。

嘘！

我吐舌頭給妹妹做鬼臉。

嘻 嘻 嘻

哈哈哈

妹妹笑了。

給家長的話

不知不覺襁褓中的小妹妹已經一歲了，家人興奮地為她辦生日會。哥哥看着鋪天蓋地的生日布置，堆積如山的生日禮物，心裏難免有點不是味兒。家人興高采烈地為妹妹唱生日歌，媽媽抱着她吹蠟燭，大家都似乎忘記了哥哥的存在。正當大人都忙着打點，妹妹卻發出了咿咿呀呀的聲音，想必是肚子餓了。小妹妹懶得理會眾人都忙得團團轉，哇一聲大哭起來，令場面十分混亂。幸好，哥哥不慌不忙地給妹妹做鬼臉，終令她破涕為笑。

襁褓中的小妹妹不會說話，因此也只能以哭和笑去表達自己的情感和需要。《生日會》這個故事以「口」部的字詞貫穿，描述小妹妹由發出「咿咿呀呀」的聲音，到「哇哇」大哭，最後「哈哈」大笑。故事尾聲，哥哥把食物一口一口的送進妹妹的嘴裏，充分體現手足之情。

文字既是文化傳承的首要載體，亦是文化構成的重要部分。漢字獨特的構成方式不但反映了先民的生活面貌，還展現了濃濃的人情與義理。《漢字部首繪本》系列取材貼近孩童生活的故事，以近乎童詩的形式連結同部首字詞，凸顯部首與字義之間的關係。在這裏我們誠邀家長們與孩子共讀故事，通過有溫度的文字和圖畫帶領孩子走進漢字的世界！

小荷

作者簡介

小荷

香港中文大學教育碩士，修讀教育領導與行政，曾任小學教師八年，現為全職媽媽。曾於香港教育大學修讀兒童文學及文字學，喜歡創作童詩，熱衷研究漢字的源流和演變。從前每天為學生講課，現在每天給孩子講故事。2020 年創作繪本《找房子》獲得香港兒童文學協會頒發第四屆香港圖畫書創作獎首獎。

繪者簡介

Keman

香港教育大學榮譽教育學士，主修視覺藝術及中國語文，現職小學教師。擅長木顏色、水彩等傳統媒介，喜歡創作富質感的兒童插畫，主題以當下的感受和生活經驗為主。平日白天是溫柔、從容的班主任，到了晚上和假日會變成抓狂的媽媽。